Le Barbier de Séville

FichesdeLecture.com

Le Barbier de Séville
(Fiche de lecture)

I. INTRODUCTION

Le Barbier de Séville ou la Précaution inutile est une comédie en quatre actes et en prose écrite par Beaumarchais et représentée pour la première fois à Paris en février 1775 à la Comédie-Française. La pièce est inspirée du *Sacristain,* un « intermède imité de l'espagnol » probablement composé par l'auteur suite à un séjour à Madrid. *Le Barbier de Séville* constitue le premier volet d'une trilogie intitulée *Le roman de la famille Almaviva.* La pièce sera donc suivie du Mariage de Figaro et de *L'Autre Tartuffe ou La Mère coupable.*

II. RÉSUMÉ DE LA PIÈCE

Acte I

La scène se déroule dans une rue de Séville. Un gentilhomme, le comte Almaviva, attend l'apparition quotidienne de Rosine, la jeune femme qu'il suit depuis Madrid, et qu'il entend séduire sous un déguisement d'étudiant et le faux nom de Lindor. À ce moment précis paraît Figaro, l'ancien valet du comte devenu barbier-chirurgien. Il chante et compose avec sa guitare ; les deux hommes se retrouvent, et Figaro raconte à son ancien maître sa vie mouvementée digne d'un picaro. Le barbier en profite aussi pour critiquer la soi-disant supériorité des « Grands » et la « république des lettres », pour mieux défendre sa philosophie épicurienne.

Enfin, Rosine apparaît à sa fenêtre et laisse tomber un billet pour Almaviva. Elle est accompagnée de Bartholo, un vieillard grincheux. Almaviva pense qu'elle est mariée au vieux docteur, mais Figaro lui apprend qu'elle n'est que sa pupille, ce qui achève de le convaincre qu'il va l'épouser. Figaro annonce qu'il l'aidera à pénétrer dans la maison sous les traits d'un officier ivre. Mais alors qu'ils répètent leurs rôles, Bartholo sort, évoquant un retard dans son mariage avec Rosine le jour suivant. Le comte est désespéré, mais Figaro le rassure.

En attendant de mettre leur plan à exécution, Almaviva improvise une chanson pour déclarer sa flamme, chanson à laquelle Rosine répond depuis sa fenêtre. Le comte se retire, heureux et plein d'espoir. Quant à Figaro, il s'éclipse et rentre chez Bartholo.

Acte II

Figaro lui ayant confirmé les sentiments du certain Lindor, Rosine décide de lui confier une lettre pour ce dernier. Le docteur lui fait ensuite une scène de jalousie ; il est de plus exaspéré par le fait que les drogues de Figaro ont affaibli une grande partie de la maisonnée.

Rosine quitte la scène, mais Figaro reste caché dans un cabinet attenant. C'est à ce moment que survient Bazile, maître à chanter de Rosine et homme à tout faire de Bartholo. Il informe ce dernier que le comte Almaviva est en ville et se déguise quotidiennement ; il suggère ensuite à son maître d'utiliser la calomnie, puis demande plus d'argent pour organiser dès le lendemain le mariage du tuteur et de sa pupille.

Figaro informe rapidement Rosine et tente de la rassurer. Celle-ci affronte ensuite la jalousie de Bartholo, qui l'accuse d'avoir écrit une lettre. En effet, son doigt est taché d'encre et une feuille de papier manque.

Heureusement, le Comte survient à ce moment, déguisé en soldat ivre, et attire l'attention sur lui. Il houspille Bartholo et remet un billet doux à Rosine ; mais le vieil homme parvient à le faire sortir et exige de Rosine qu'elle lui remette le message. La jeune femme prétend qu'il ne s'agir que d'une lettre de son cousin. Puis elle feint de s'évanouir et remplace le billet par une lettre de ce fameux cousin, totalement inoffensive pour sa part. Lorsque Bartholo la lit, il doit s'excuser. Berné, il quitte la scène. Pendant ce temps, Rosine se désespère, car Lindor lui recommandait dans sa lettre une véritable querelle ouverte avec Bartholo.

Acte III

Quelque temps après, le comte revient chez le tuteur, cette fois sous l'apparence du musicien Alonzo, qui remplacerait Bazile, malade. Bartholo le croît et va chercher Rosine. Celle-ci reconnaît aussitôt Lindor. La leçon de chant se transforme en duo lyrique amoureux sur l'air de « la Précaution inutile ».

Figaro survient pour raser Bartholo ; il en profite pour l'éloigner des deux jeunes gens en renversant de la vaisselle. Le comte et Rosine en profitent pour se donner rendez-vous la nuit même. Mais Bazile fait irruption dans la maison, menaçant ainsi de tout faire échouer. Le Comte lui remet de l'argent pour le faire partir, et Bartholo lui-même le fait taire pour éviter qu'il en démasque Alonzo par erreur... Cependant, Almaviva commet une erreur imprudente qui vient tout compromettre, ce qui met Bartholo en rage...

Acte IV

Bazile et le vieillard se sont accordés pour fixer le mariage pendant la nuit. Figaro intervient discrètement pour retenir le notaire. Entre temps, Rosine apprend de Bartholo que Lindor est en réalité le comte d'Almaviva. Rosine, qui se sent humiliée, promet à Bartholo de l'épouser.

Durant la nuit, le comte et Figaro rejoignent l'appartement de Rosine avec le notaire et Bazile. Le mariage est conclu juste avant que Bartholo n'arrive, et Bazile a signé l'union en tant que témoin.

III. PRÉSENTATION DES PERSONNAGES PRINCIPAUX

Figaro

Figaro apparaît dans plusieurs pièces de théâtre. Mais il a cela de particulier dans le *Barbier de Séville* qu'il s'apparente beaucoup à un picaro, personnage romanesque (qui n'appartient pas au monde du théâtre à l'origine), de par ses tribulations, aventures et divers métiers qu'il évoque dès le Premier Acte en rencontrant son ancien maître, le Comte Almaviva.

Ici, il est au service de Bartholo de manière indépendante, c'est-à-dire qu'il n'appartient pas à sa demeure. En effet, Figaro est à son compte en tant que barbier. Finalement, on est donc loin du valet auquel l'on pouvait s'attendre.

En acceptant d'être le complice du Comte, Figaro prend le risque de voir leur mission échouer et de n'obtenir aucune rétribution ; on ne retrouve pas cette audace et ce goût du risque chez Bazile, par exemple.

Du point de vue de l'intrigue, il semble pouvoir être partout à la fois et est un brillant orateur. Il est donc nécessaire à la vivacité de l'action de la pièce dans son ensemble.

Figaro est un homme fondamentalement libre. Il n'a pas d'attaches familiales fortes, change de métier et d'endroit quand bon lui semble et se caractérise par une certaine marginalité quant au système social de l'époque (bien qu'il faille le souligner, Figaro doit gagner sa vie).

La pièce précise qu'il doit être habillé « en habit de majo espagnol ». Son costume doit comporter un chapeau blanc, un fichu de soie autour de son coût, un gilet de satin, une veste à la couleur prononcée, des bas blancs et des souliers gris.

Bartholo

Bartholo est un vieil homme médecin et tuteur de Rosine. On annonce de lui qu'il doit être vêtu de noir, affublé d'une « grande perruque » et d'un « long manteau écarlate » lorsqu'il doit sortir de sa demeure.

Beaumarchais a dit du tuteur qu'il « se révèle un peu moins sot que tous ceux que l'on trompe au théâtre ».

Le Comte Almaviva

De rang noble, le Comte Almaviva est un Grand d'Espagne. Il est profondément amoureux de Rosine, mais reste tactiquement un inconnu pour elle pendant une grande partie de la pièce, puisqu'elle pense que son amant s'appelle Lindor, et que le Comte se déguise pour ne pas être démasqué.

Le Comte est l'ancien maître de Figaro. C'est ensemble qu'ils vont œuvrer à empêcher le mariage de Rosine et de Bartholo, tout en continuant la démarche de séduction de la jeune femme.

Il change d'apparence tout au long de la pièce :

- au Premier Acte, il est vêtu d'une veste de satin, d'un grand manteau brun ou d'une cape espagnole, avec un chapeau noir
- au Deuxième Acte, il porte un uniforme de cavalier, des moustaches et des bottines
- au Troisième Acte, il est affublé d'un déguisement de bachelier
- au Quatrième enfin, il est habillé d'un riche manteau propre à la noblesse espagnole.

Rosine

Pupille de Bartholo, la jeune femme est d'origine noble. Les didascalies laissent entendre qu'elle doit être habillée « à l'espagnole ».

Don Bazile

D'une certaine manière, Don Bazile a un statut assez similaire à Figaro (une sorte de « prestataire de services » de l'époque). Il effectue de nombreuses « missions » pour Bartholo.

Maître à chanter de Rosine, il est généralement mis en scène vêtu d'un chapeau noir, d'une soutanelle et d'un long manteau.

La Jeunesse

Malgré son nom, il s'agit d'un vieux domestique de Bartholo

L'Eveillé

Niais et endormi, le garçon est le second valet de Bartholo. Lui aussi est habillé en Galicien, et doté de cheveux longs, d'un gilet « couleur de chamois » et d'une « culotte » et « veste bleue ».

IV. AXES D'ANALYSE

L'importance du chant et de la musique

Le chant et la musique sont des facteurs de révélation pour les protagonistes de la pièce. C'est ainsi notamment que se dévoile Almaviva, aussi bien à lui-même qu'aux autres, notamment à Rosine.

L'Aria romantique partagé par Lindor et Rosine dans l'Acte III, Scène 4 est un élément crucial du développement de l'intensité de leurs sentiments. Le chant permet d'une part aux amants de se révéler, de communiquer dans un contexte hostile et d'échanger leurs sentiments, mais il sert aussi à contraster avec l'apparente platitude d'un homme tel que Bartholo, qui n'a que faire d'ornements lorsqu'il prend la parole.

Au-delà de la communication, le chant sert aussi le domaine onirique, en se faisant langage du cœur et des sentiments. Notons d'ailleurs que Bazile est le seul à ne pas y avoir recours. C'est pourtant son métier (il est organiste).

La musique sert donc au dramaturge à développer un dialogue qui ne pourrait exister faute de cela. Nous sommes loin d'un simple ornement musical.

Les outils du comique

Beaumarchais a recours à l'ensemble des procédés comiques disponibles au théâtre :

-   Il utilise le comique de langage, en jouant notamment sur l'ironie ou la dérision dans les dialogues entre les personnages. On peut citer, par exemple :
    « LE COMTE. Je ne te reconnaissais pas, mais te voilà si gros et si gras... »
    « FIGARO. Que voulez-vous Monseigneur, c'est la misère. »
-   Il utilise le comique de caractère en amplifiant les traits caractéristiques des protagonistes. Par exemple, Bartholo incarne le parfait stéréotype du vieil homme jaloux et surprotecteur de Rosine.
-   Il utilise le comique de situation, notamment dans l'Acte III

- Il a également recours au comique de geste. Dans cette perspective, Figaro est un personnage très intéressant car il dispose d'une gestuelle dynamique qui fait à la fois progresser l'intrigue et rire le public. Dans la scène 5 de l'Acte III, par exemple, l'ancien valet se lance dans une imitation de danse parodique extrêmement comique sur scène.
- Enfin, le dramaturge met en scène un comique de type philosophique, en faisant – à l'image de Molière – de son valet un homme plus intelligent que son maître.

L'évolution de Figaro du Barbier de Séville (1775) au Mariage de Figaro (1784)

Figaro est un personnage que l'on retrouve dans les deux pièces. Il est à cet égard intéressant de constater que le personnage n'est pas figé. Bien au contraire, il évolue entre les deux. En voici les différences majeures :

- Du point de vue du caractère, s'il est joyeux dans la pièce étudiée, il devient jaloux et inquiet dans son rôle d'amoureux une dizaine d'années plus tard. Sa vie entre-temps a été jalonnée d'échecs, ce qui l'a transformé en personnage tragique et en héros déchiré comme l'aurait écrit les Romantiques. Il est beaucoup aussi plus révolté.
- Socialement parlant, il passe du statut d'indépendant (comme on le voit ici) à une dépendance en tant que valet. Sa relation avec le comte passe de la complicité à une certaine hostilité.
- Enfin, dans le *Barbier de Séville*, il occupe une place centrale dans la pièce et en constitue en fait le véritable pivot. Dans le *Mariage* cependant, il apparaît presque comme un personnage secondaire.

Figaro a donc cela de particulier qu'il n'est pas un personnage statique et a évolué au cours de l'œuvre théâtrale sous forme de trilogie de Beaumarchais.

Dans la même collection en numérique

Les Misérables
Le messager d'Athènes
Candide
L'Etranger
Rhinocéros
Antigone
Le père Goriot
La Peste
Balzac et la petite tailleuse chinoise
Le Roi Arthur
L'Avare
Pierre et Jean
L'Homme qui a séduit le soleil
Alcools
L'Affaire Caïus
La gloire de mon père
L'Ordinatueur
Le médecin malgré lui
La rivière à l'envers - Tomek
Le Journal d'Anne Frank
Le monde perdu
Le royaume de Kensuké
Un Sac De Billes
Baby-sitter blues
Le fantôme de maître Guillemin
Trois contes
Kamo, l'agence Babel
Le Garçon en pyjama rayé
Les Contemplations

Escadrille 80

Inconnu à cette adresse

La controverse de Valladolid

Les Vilains petits canards

Une partie de campagne

Cahier d'un retour au pays natal

Dora Bruder

L'Enfant et la rivière

Moderato Cantabile

Alice au pays des merveilles

Le faucon déniché

Une vie

Chronique des Indiens Guayaki

Je voudrais que quelqu'un m'attende quelque part

La nuit de Valognes

Œdipe

Disparition Programmée

Education européenne

L'auberge rouge

L'Illiade

Le voyage de Monsieur Perrichon

Lucrèce Borgia

Paul et Virginie

Ursule Mirouët

Discours sur les fondements de l'inégalité

L'adversaire

La petite Fadette

La prochaine fois

Le blé en herbe

Le Mystère de la Chambre Jaune

Les Hauts des Hurlevent

Les perses

Mondo et autres histoires

Vingt mille lieues sous les mers

99 francs

Arria Marcella

Chante Luna

Emile, ou de l'éducation
Histoires extraordinaires
L'homme invisible
La bibliothécaire
La cicatrice
La croix des pauvres
La fille du capitaine
Le Crime de l'Orient-Express
Le Faucon malté
Le hussard sur le toit
Le Livre dont vous êtes la victime
Les cinq écus de Bretagne
No pasarán, le jeu
Quand j'avais cinq ans je m'ai tué
Si tu veux être mon amie
Tristan et Iseult
Une bouteille dans la mer de Gaza
Cent ans de solitude
Contes à l'envers
Contes et nouvelles en vers
Dalva
Jean de Florette
L'homme qui voulait être heureux
L'île mystérieuse
La Dame aux camélias
La petite sirène
La planète des singes
La Religieuse
1984 A l'Ouest rien de nouveau
Aliocha
Andromaque
Au bonheur des dames
Bel ami
Bérénice
Caligula
Cannibale
Carmen

Chronique d'une mort annoncée

Contes des frères Grimm

Cyrano de Bergerac

Des souris et des hommes

Deux ans de vacances

Dom Juan

Electre

En attendant Godot

Enfance

Eugénie Grandet

Fahrenheit 451

Fin de partie

Frankenstein

Gargantua

Germinal

Hamlet

Horace

Huis Clos

Jacques le fataliste

Jane Eyre

Knock

L'homme qui rit

La Bête humaine

La Cantatrice Chauve

La chartreuse de Parme

La cousine Bette

La Curée

La Farce de Maitre Pathelin

La ferme des animaux

La guerre de Troie n'aura pas lieu

La leçon

La Machine Infernale

La métamorphose

La mort du roi Tsongor

La nuit des temps

La nuit du renard

La Parure

La peau de chagrin
La Petite Fille de Monsieur Linh
La Photo qui tue
La Plage d'Ostende
La princesse de Clèves
La promesse de l'aube
La Vénus d'Ille
La vie devant soi
L'alchimiste
L'Amant
L'Ami retrouvé
L'appel de la forêt
L'assassin habite au 21
L'assommoir
L'attentat
L'attrape-coeurs
Le Bal
Le Barbier de Séville
Le Bourgeois Gentilhomme
Le Capitaine Fracasse
Le chat noir
Le chien des Baskerville
Le Cid
Le Colonel Chabert
Le Comte de Monte-Cristo
Le dernier jour d'un condamné
Le diable au corps
Le Grand Meaulnes
Le Grand Troupeau
Le Horla
Le jeu de l'amour et du hasard
Le Joueur d'échecs
Le Lion
Le liseur
Le malade imaginaire
Le Mariage de Figaro
Le meilleur des mondes

Le Monde comme il va

Le Parfum

Le Passeur

Le Petit Prince

Le pianiste

Le Prince

Le Roman de la momie

Le Roman de Renart

Le Rouge et le Noir

Le Soleil des Scortas

Le Tartuffe

Le vieux qui lisait des romans d'amour

L'Ecole des Femmes

L'Ecume Des Jours

Les Bonnes

Les Caprices de Marianne

Les cerfs-volants de Kaboul

Les contes de la Bécasse

Les dix petits nègres

Les femmes savantes

Les fourberies de Scapin

Les Justes

Les Lettres Persanes

Les liaisons dangereuses

Les Métamorphoses

Les Mouches

Les Trois mousquetaires

L'étrange cas du Dr Jekyll et de Mr Hyde

L'Ile Au Trésor

L'île des esclaves

L'illusion comique

L'Ingénu

L'Odyssée

L'Ombre du vent

Lorenzaccio

Madame Bovary

Manon Lescaut

Micromégas

Mon ami Frédéric

Mon bel oranger

Nana

Ne tirez pas sur l'oiseau moqueur

Notre-Dame de Paris

Oliver twist

On ne badine pas avec l'amour

Oscar et la dame rose

Pantagruel

Le Misanthrope

Perceval ou le conte du Graal

Phèdre

Ravage

Roméo et Juliette

Ruy Blas

Sa Majesté des Mouches

Si c'est un homme

Stupeur et tremblements

Supplément au voyage de Bougainville

Tanguy

Thérèse Desqueyroux

Thérèse Raquin

Ubu Roi

Un Barrage contre le Pacifique

Un long dimanche de fiançailles

Un secret

Vendredi ou la vie sauvage

Vipère au poing

Voyage au bout de la nuit

Voyage au centre de la terre

Yvain ou le Chevalier au lion

Zadig

À propos de la collection

La série FichesdeLecture.com offre des contenus éducatifs aux étudiants et aux professeurs tels que : des résumés, des analyses littéraires, des questionnaires et des commentaires sur la littérature moderne et classique. Nos documents sont prévus comme des compléments à la lecture des oeuvres originales et aide les étudiants à comprendre la littérature.

Fondé en 2001, notre site FichesdeLectures.com s'est développé très rapidement et propose désormais plus de 2500 documents directement téléchargeables en ligne, devenant ainsi le premier site d'analyses littéraires en ligne de langue française.

FichesdeLecture est partenaire du Ministère de l'Education du Luxembourg depuis 2009.

Plus d'informations sur www.fichesdelecture.com

ISBN: 978-2-511-02929-9

Notes :